livros da ilha
Divisão infantojuvenil

Copyright © 2013
Fernando Luiz

Copyright © 2013 desta edição
Editora Iluminuras Ltda.

CIP-BRASIL. CATALOGAÇÃO NA PUBLICAÇÃO
SINDICATO NACIONAL DOS EDITORES DE LIVROS, RJ

L979p

Luiz, Fernando
    A pinta fujona / Fê. – 1. ed. – São Paulo : Iluminuras, 2013.
    24 p. : somente il. color. : 27 cm

    ISBN 978-85-7321-393-5

    1. Livros ilustrados para crianças. 2. Literatura infantojuvenil brasileira. 1. Título.
13-03402   CDD: 028.5
                CDU: 087.5
30/07/2013   31/07/2013

2013
EDITORA ILUMINURAS LTDA.
Rua Inácio Pereira da Rocha, 389 – 05432-011 – São Paulo – SP – Brasil
Tel./Fax: 55 11 3031-6161
iluminuras@iluminuras.com.br
www.iluminuras.com.br

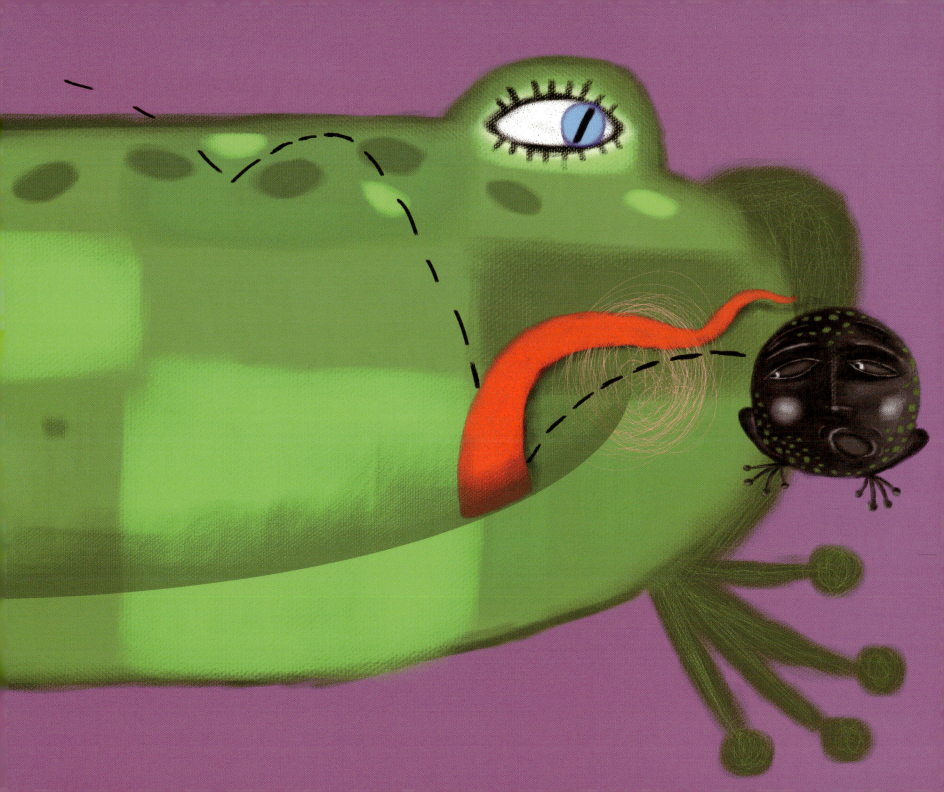

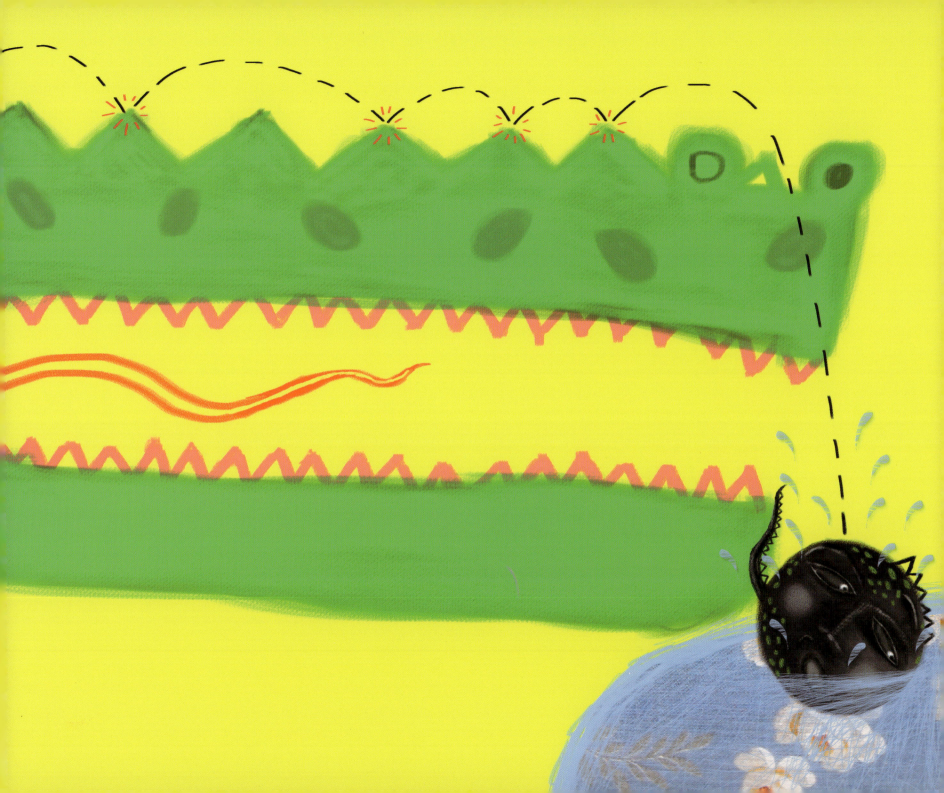